CORONATION OF VICTORIA
Tea time
TOWER BRIDGE
the fox and the Prince

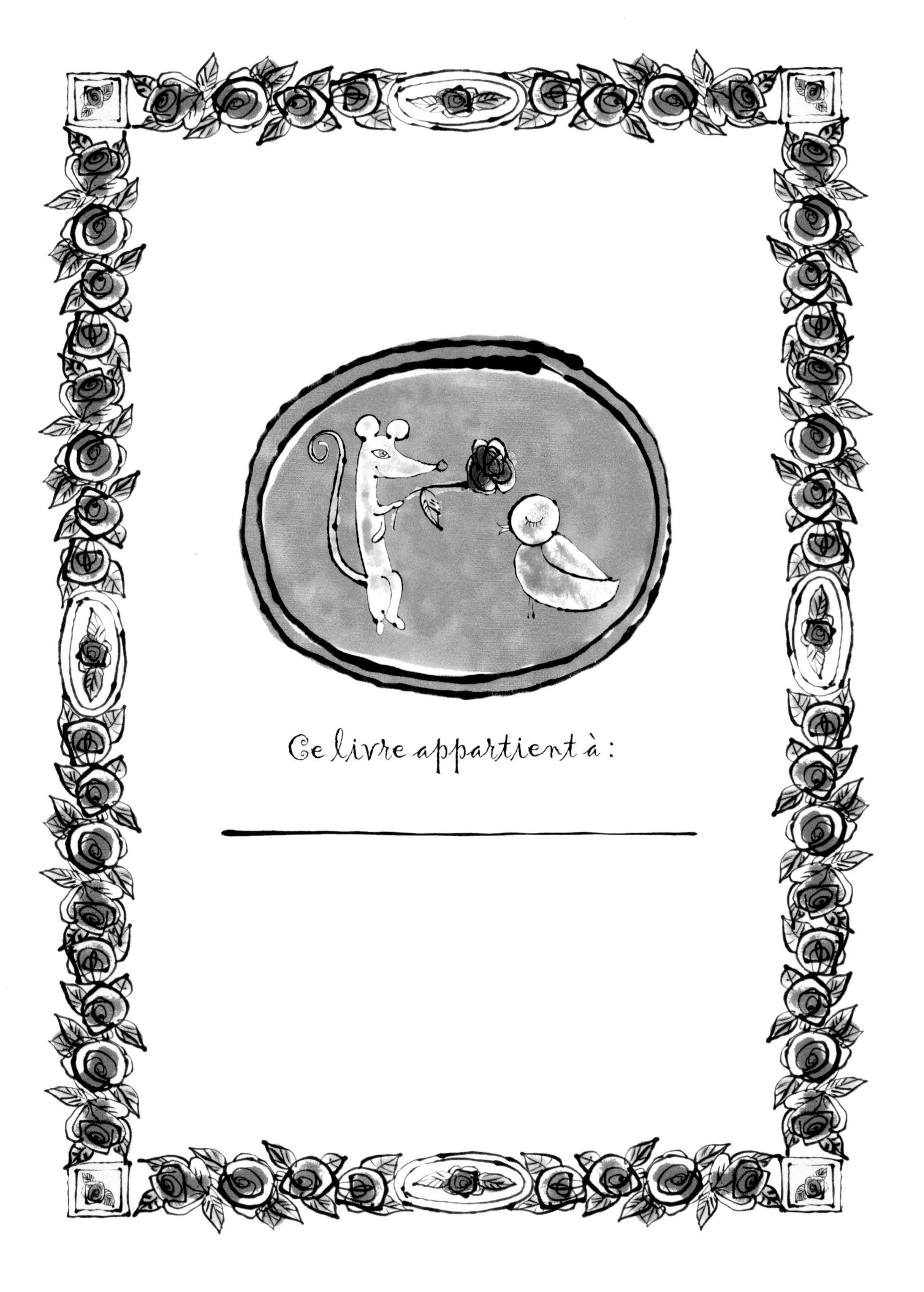
Ce livre appartient à :

Les Roses anglaises
PAR
MADONNA
ILLUSTRÉ PAR
Jeffrey Fulvimari
Un livre Callaway
LES ÉDITIONS SCHOLASTIC

Pour Lola et Rocco

As-tu déjà entendu parler
des Roses anglaises?

Voyons d'abord ce qu'elles ne sont pas :
Une boîte de chocolats.
Une équipe de soccer.
Des fleurs de jardin.

En fait, ce sont :
Quatre filles qui s'appellent
Nicole, Amy, Charlotte et Grace.

Nicole
Amy
Charlotte
Grace

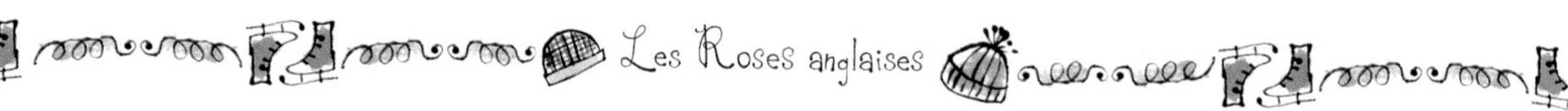

Voici quelques petites choses qu'il faut savoir sur elles :
Elles habitent le même quartier et vont à la même école.
Elles jouent aux mêmes jeux, lisent les mêmes livres et aiment les mêmes garçons.

L'été, elles vont pique-niquer, et l'hiver, elles vont patiner. On dirait parfois qu'elles sont collées côte à côte.

Mais surtout, elles aiment danser...

hullabaloo
the monkey
watusi
Night-fever
Hip-Hop
Bus-Stop

techno
Fox-trot
the
tickety
boo
(vogue)

Tout cela semble bien agréable et très amusant.
Et c'était vrai le plus souvent. Il n'y avait qu'un seul problème.
Les quatre Roses étaient un peu jalouses d'une autre
petite fille du quartier.

Elle s'appelait Binah et voici quelques petites choses
qu'il faut savoir sur elle :
Elle était très, très belle.
Avec de longs cheveux soyeux, une peau de lait et de miel.
Elle était une excellente élève, très bonne en sport,
toujours gentille avec tout le monde.
Bref, quelqu'un d'exceptionnel.

Mais elle était très triste.
Parce que, même si c'était la plus belle fille
qu'on ait jamais vue, elle était aussi très solitaire.
Elle n'avait pas d'amis et partout où elle allait,
elle restait seule.

Tu dois sans doute te dire :
« Et alors? C'est facile à arranger. Si elle était tellement gentille, pourquoi les Roses anglaises ne l'invitaient-elles pas à boire une tasse de thé? »

Tu n'écoutes pas, je t'ai déjà dit pourquoi.
C'est parce qu'elles étaient un peu jalouses.
Peut-être même plus qu'un peu.
Et toi, n'as-tu jamais été vert d'envie?
N'as-tu jamais été sur le point d'exploser parce que quelqu'un possède quelque chose que tu voudrais bien avoir aussi?
Si tu me réponds non, c'est un énorme mensonge et je vais le dire à ta mère.

Et maintenant,
arrête de m'interrompre.

Les Roses anglaises auraient voulu avoir d'autres amies et elles savaient que Binah était seule, mais elles n'avaient pas envie d'être aimables avec elle parce que, de tous côtés, voici ce qu'elles entendaient :

– Comme elle est belle!

– Elle brille comme une étoile!

– Binah, c'est une merveille!

Quand Nicole, Amy, Charlotte et Grace entendaient parler ainsi de Binah, elles en étaient malades.

– Comment peut-on être aussi parfait?

– Personne ne dit jamais ça de nous!

– Ce n'est pas juste d'avoir tant de qualités!

– Quand elle passera devant nous, on fera semblant de ne pas la voir.

– On pourrait même la jeter dans le lac!

Et c'est ce qu'elles firent.

Non, voyons, le lac, c'était pour rire.
Mais faire semblant de ne pas la voir, ça, c'était vrai.
Les jours passaient et les Roses anglaises continuaient de s'amuser ensemble, pendant que Binah restait seule.

Un soir qu'elles étaient toutes allées dormir chez Nicole, la mère de celle-ci passa la tête par la porte de la chambre et dit :
– Je peux venir bavarder avec vous?

– Ne t'inquiète pas, dit Nicole, nous allons bientôt nous coucher. Dès que nous aurons fini notre bataille d'oreillers!

– Ce n'est pas pour ça que je suis venue, répondit sa mère. Je veux vous parler de Binah. Elle habite la même rue, elle va à votre école, elle aime les mêmes choses que vous et pourtant, vous ne l'invitez jamais et vous ne faites aucun effort pour être amies avec elle.

Il y eut un très long silence.

Les Roses anglaises échangeaient des regards. Amy fut la première à répondre.
– Elle pense qu'elle est le centre du monde, simplement parce qu'elle est belle.

– Pourquoi devrions-nous l'inviter? fit remarquer Charlotte. Elle attire suffisamment l'attention comme ça.

– Ce n'est pas que nous ne l'aimons pas, dit Nicole. Mais elle doit être un peu prétentieuse. Ça arrive souvent chez les filles trop jolies.

La mère de Nicole réfléchit un instant, puis elle dit :
– Je vous trouve injustes, toutes les quatre. On voit bien qu'elle serait contente d'avoir des amies, mais vous, vous ne voulez même pas lui parler. Ce n'est pas de cette façon que vous apprendrez à la connaître. Qu'est-ce que vous diriez si les gens vous jugeaient d'après votre apparence avant de décider s'ils doivent être amis avec vous?

Les Roses savaient qu'elle avait raison, mais elles refusaient de l'admettre. Elles en oublièrent leur bataille d'oreillers.

– Pensez à ce que je vous ai dit, conclut la mère de Nicole. Puis elle les embrassa et leur souhaita bonne nuit.

Lorsqu'elle fut partie, Nicole éteignit la lumière et les quatre filles restèrent allongées dans le noir, les yeux ouverts, en repensant aux paroles de sa mère. Personne ne dit un mot et elles finirent par s'endormir.

Dans leur sommeil, elles firent alors le même rêve.

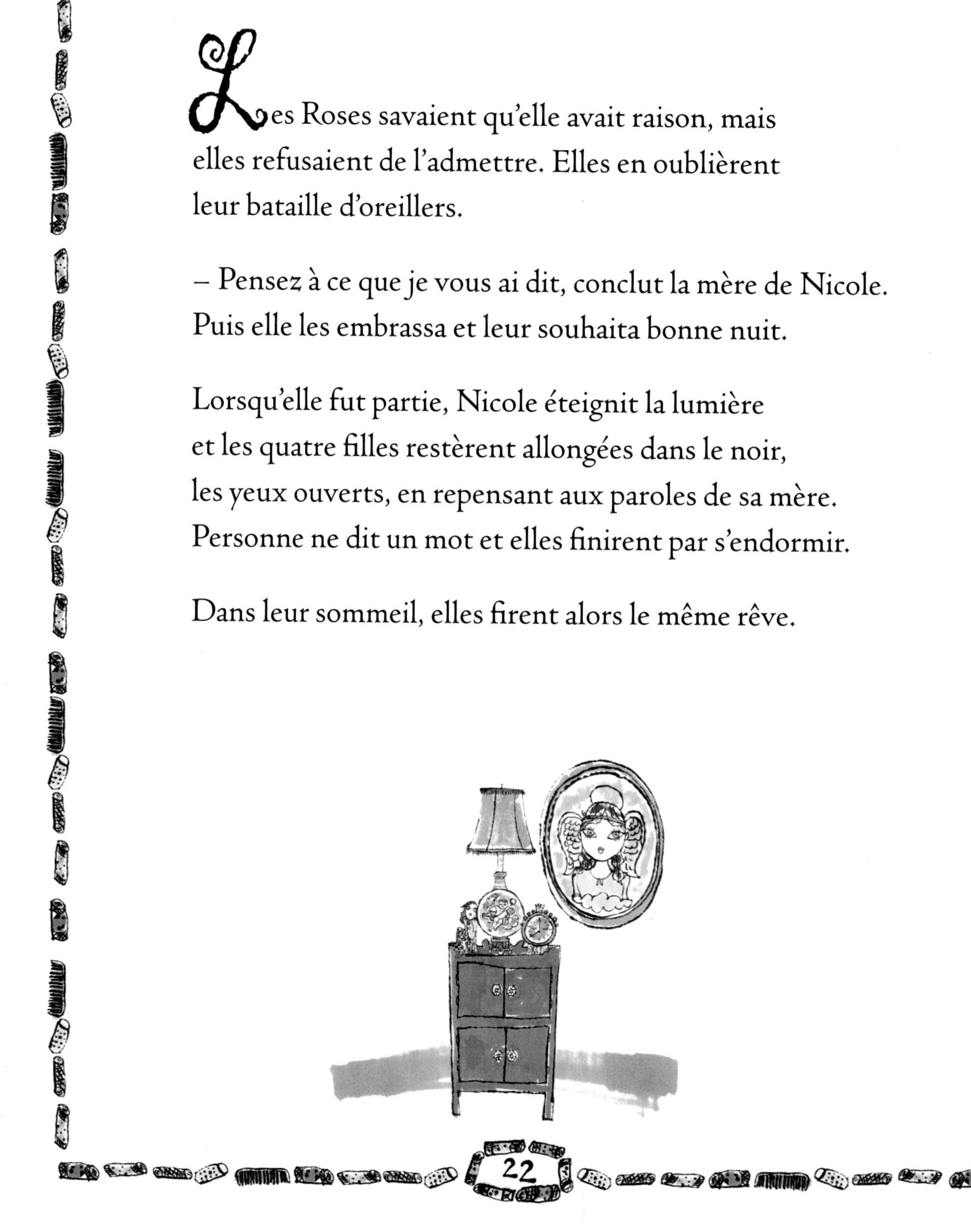

RAH!
RAH!
LOVE
PUPPIES

Voici ce qu'elles rêvèrent :
Toutes les quatre pique-niquaient dans le parc en se plaignant (comme d'habitude) que Binah était la plus belle, que les gens s'occupaient trooooooop d'elle, que c'était vraiment injuste… quand, soudain, une bonne fée leur apparut! Elle était petite, dodue, avec un air jovial.

D'ailleurs, je n'ai pas besoin de te le dire.
Tu sais déjà à quoi ressemblent les bonnes fées, non?

En tout cas, celle-ci atterrit droit sur le sandwich de Charlotte.
– Oh, excuse-moi. C'est du pain de seigle? demanda-t-elle en reniflant. J'adore l'odeur du pain de seigle!

Bouche bée, les quatre filles la regardèrent avec des yeux ronds, car elles n'avaient encore jamais vu de fée.
– Voyons, dit la bonne fée en toussotant, où en étais-je? Ah oui, voilà… Je passais par là et j'ai entendu malgré moi votre conversation. On dirait que vous n'êtes pas très contentes de votre sort, et j'en suis très triste. Alors, je voudrais vous donner l'occasion de changer de vie.

– Que voulez-vous dire? demanda Charlotte, en reprenant son sandwich sous le derrière de la fée.

– Je veux dire, répondit la bonne fée, et je vous prie de ne pas m'interrompre, que si vous êtes tellement jalouses de Binah, vous devriez devenir quelqu'un d'autre. Peut-être que l'une d'entre vous aimerait changer de place avec elle.

– Ça, c'est idiot, l'interrompit Grace. Comment peut-on devenir quelqu'un d'autre?

Veux-tu bien me laisser finir? ronchonna la fée. Grâce à ma poudre magique, vous pourrez devenir qui vous voulez. Mais d'abord, pourquoi ne pas voler avec moi jusque chez Binah pour passer un moment avec elle? Comme ça, vous serez sûres que sa vie est à votre goût. Et même au goût de tout le monde.

La gorge sèche, les quatre filles hochèrent la tête en silence.
– Mais... dit enfin Nicole, si elle voit qu'on la regarde par sa fenêtre, elle croira qu'on est des voleurs ou je ne sais quoi.

– Elle va peut-être appeler la police, ajouta Amy.

– Allons donc, répliqua la fée avec dédain en grignotant le biscuit au chocolat de Charlotte.

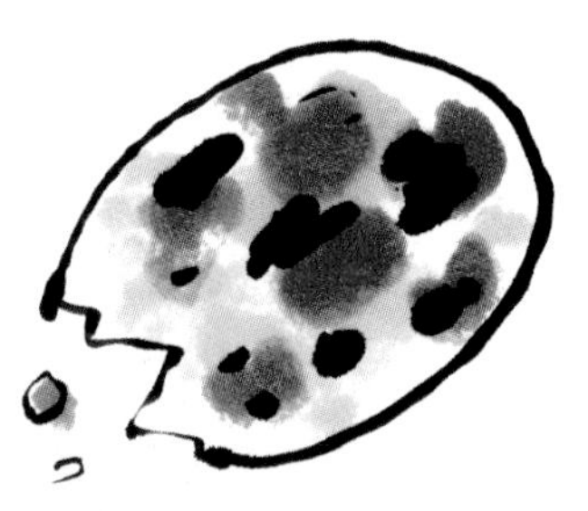

Quand je vous aurai couvertes de poudre magique, vous deviendrez invisibles et vous pourrez aller où vous voudrez sans qu'on remarque votre présence.

Les quatre Roses en restèrent sans voix.
Ce qui n'arrivait pas très souvent, je peux te le dire.

– Eh bien, ne restez pas là à vous empiffrer, protesta la fée en s'empiffrant elle-même. Mon temps est très précieux.

Les quatre Roses, penchées les unes contre les autres, se mirent à parler à voix basse. Même si elle prenait leurs biscuits sans permission, la fée semblait inoffensive, et puis les Roses ne pouvaient laisser passer l'occasion d'espionner Binah à son insu.

Elles demandèrent donc à la fée de les couvrir de poudre magique, et toutes les cinq s'envolèrent vers la maison de Binah.

freezer

Soudain, elles se retrouvèrent dans une cuisine, assises autour d'une table. Binah était là, à quatre pattes, occupée à frotter le plancher. Elle semblait épuisée et des gouttes de sueur coulaient de son front.

Au même moment, son père entra dans la cuisine et dit :
– Il est tard, Binah. Quand tu auras fini de laver le plancher, il faudra que tu prépares le souper. Moi, je m'occupe de réparer la voiture.

– Oui, papa, dit Binah en souriant.

Et son père s'en alla.

Binah dut accomplir une multitude de tâches. Lorsqu'elle eut fini de frotter le plancher,

elle éplucha
les pommes de terre,

elle hacha les oignons,

elle mit la table,

elle écailla le poisson,

elle fit la lessive

et le repassage,

et, enfin,
elle vida la poubelle.

Les Roses anglaises n'en croyaient pas leurs yeux. Jamais elles n'avaient vu une petite fille travailler autant.
– Elle me fait penser à Cendrillon, dit Amy.

– On dirait qu'elle ne s'est pas peignée de la semaine, remarqua Charlotte.

– Où est sa mère? demanda Nicole.

– Elle n'a pas de mère, répondit la bonne fée. Elle vit seule avec son père qui travaille toute la journée, et quand elle rentre de l'école, elle doit s'occuper du ménage, de la lessive et du souper.

Alors, c'est elle qui fait tout? demanda Grace.

– Bien sûr, petites sottes, répondit la fée. Je vous ai dit qu'elle vit seule avec son père.

– Qu'est-ce qui est arrivé à sa mère? demanda Nicole.

– Elle est morte il y a très longtemps, la malheureuse, soupira la fée. Et, comme vous le savez, Binah n'a pas d'amies, donc, elle est toujours seule. Maintenant, venez, les filles. Vous voulez voir à quoi ressemble sa chambre?

Les Roses anglaises se levèrent en même temps, mais elles s'en voulaient de laisser Binah face à tout ce travail.

– Dépêchez-vous. Il y a des gens qui m'attendent un peu partout, s'impatienta la fée.

Elles allèrent donc voir si la chambre de Binah était à leur goût.

Elles ne s'attendaient pas à un tel spectacle :
Une simple chambre avec un petit lit.
Une commode. Une étagère pleine de livres.
Il y avait, bien sûr, une poupée.
Mais une seule. Difficile à croire, non?
Il faut pourtant me croire puisque je te le dis.

Sur la table de chevet était posée une photo dans un cadre.
Les quatre Roses s'approchèrent pour voir qui elle représentait. C'était un magnifique portrait de la mère de Binah. Les yeux de Nicole se remplirent de larmes.
– Comme c'est triste, dit-elle.

– C'est affreux de ne pas avoir de mère, dit Charlotte.
Elle doit se sentir terriblement seule. Et nous, nous n'avons pas été très gentilles avec elle.

– Alors, qu'en dites-vous? interrompit la bonne fée.
Quelqu'un veut échanger sa place contre la sienne?

Il y eut un très long silence.

HUCKLEBERRY FINN
LITTLE WOMEN
the WIZARD of OZ
ALICE in WONDERLAND
The BLACK STALLION
NANCY DREW
DIARY of ANNE FRANK
Franny and Zooey
GRIMMS Fairy TALES

Les Roses anglaises échangèrent un regard. On aurait pu entendre une épingle tomber.
– Nous avons commis une terrible erreur, dit Grace. Je ne peux pas imaginer vivre sans ma mère.

– Toutes ces corvées à faire! dit Amy. Moi, je n'y connais rien du tout en cuisine.

– Vous voulez devenir quelqu'un d'autre, alors? demanda la bonne fée. Peut-être dans un autre quartier? Une autre ville? Ou même un autre pays? Je pourrais très bien vous arranger ça.

– S'il vous plaît, ramenez-nous dans notre lit douillet, auprès de nos familles, que nous aimons bien, supplia Nicole.

– Nous voulons rentrer chez nous, s'écrièrent ses amies.

– Comme il vous plaira, répondit la fée. Mais à l'avenir, réfléchissez à deux fois avant de vous plaindre que les autres ont une meilleure vie que vous. Comme je vous l'ai dit, je suis très occupée!

En un clin d'œil, les Roses anglaises se retrouvèrent dans leur lit, profondément endormies.

SHISH-KUM
BAH!

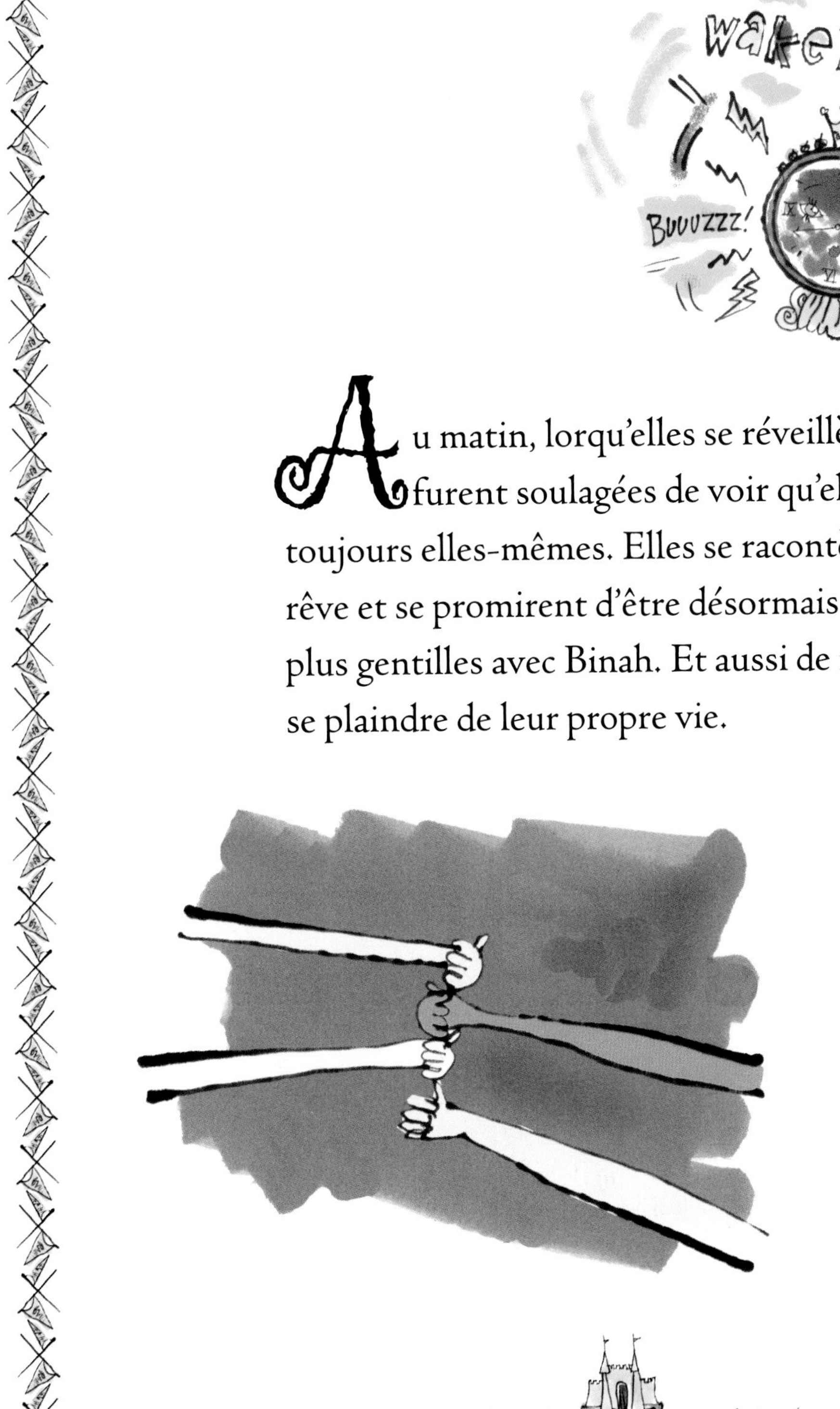

Au matin, lorqu'elles se réveillèrent, elles furent soulagées de voir qu'elles étaient toujours elles-mêmes. Elles se racontèrent leur rêve et se promirent d'être désormais beaucoup plus gentilles avec Binah. Et aussi de ne plus se plaindre de leur propre vie.

D'abord, elles invitèrent Binah à goûter, puis elles prirent l'habitude de l'accompagner sur le chemin de l'école. Bientôt, elles firent leurs devoirs ensemble. Binah leur apprit même à préparer une tarte aux pommes. Les quatre Roses se rendirent compte qu'elle était vraiment très sympathique.

Elles en vinrent à l'aimer comme une sœur, et souvent, elles allaient l'aider dans ses tâches ménagères.

Le temps passa et bientôt, partout où allaient les Roses anglaises, Binah était avec elles. Tu ne vas peut-être pas me croire mais les gens du quartier commencèrent à en parler.

Et voici ce qu'ils disaient :
– Ces Roses anglaises sont vraiment extraordinaires.
– Elles sont si belles!
– Un jour, elles seront des femmes exceptionnelles.

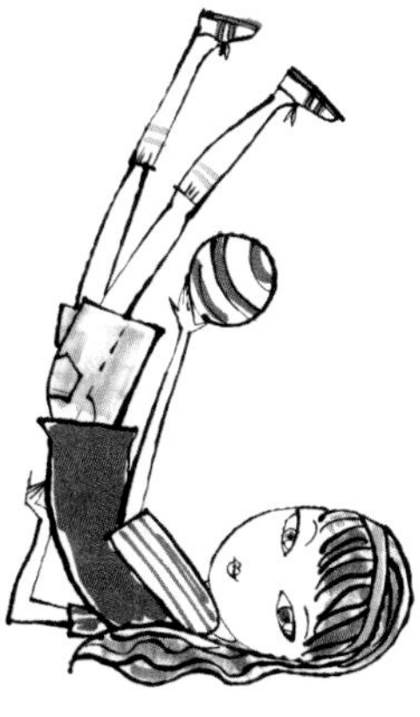

Et tu sais quoi?
C'est ce qui arriva.

Si tu ne me crois pas,
va donc voir toi-même.
Je ne l'ai certainement pas inventé.

Fin

Tous mes remerciements vont en premier lieu à Eitan Yardeni pour m'avoir suggéré d'écrire ces livres. À HaRav et Karen Berg pour leur infinie sagesse et leur soutien. À Michael et Yehuda Berg pour m'avoir fait partager l'art d'écrire de bonnes histoires. À Billy Phillips pour ses excellentes idées. À Nicholas Callaway pour son enthousiasme, la sûreté de son goût et son exigence illimitée. À Andrew Wylie pour avoir fait en sorte que mes histoires puissent être racontées dans le monde entier. À Caresse Henry pour la coordination. À Angela Becker pour son bel esprit. Et tout spécialement à mon homme, Guy Ritchie, pour son incroyable générosité et tout son amour.

Produit et publié
par Callaway Editions.

Traduction : Jean-François Ménard

ISBN 0-439-97029-6

Titre original : *The English Roses*

5 4 3 2 1 Imprimé aux États-Unis 03 04 05 06

REMARQUE AU SUJET DE LA POLICE :

Ce livre a été composé en Mazarin, une police de caractères « humanistes » conçue par Jonathan Hoefler. Mazarin est une reprise de la police de Nicolas Jenson, fondeur du XVe siècle qui a créé l'une des premières polices de caractères d'imprimerie romains. © The Hoefler Type Foundry, 1991-2000.

PREMIÈRE ÉDITION

PLOUGHMAN'S LUNCH
EIIR
LOVE
ONE POUND
FIFTY PENCE
50
DOLL
SHOES
ENGLISH ROSES
the English Roses
FISH AND CHIPS
BUBBLE GUM
BANK OF ENGLAND
HI
A Rose is Not Just A Rose
Full English BREAKFAST
BREAD and BUTTER PUDDING